詩集　風紋＊目次

I

Ⅱ

カバーコラージュ／田中佑季明

詩集

風紋

I

悪戯な指使い

わたしは
久しぶりに
欲求不満に陥り
あなたを抱く

スカートの
股を大きく広げ
あなたを力強く迎え入れる
スカートの上からも
あなたの温もりを
感じることができる

ずっしりと
重く

あなたと
フィットする
わたし

あなたは
きっと
わたしを
裏切らないでしょう
あなたとの
付き合いは
昨日今日の付き合いではないのよね

あなたを
抱くたびに
あなたの
匂いも　癖も
細部にわたり
知り尽くしている

わたし
何処をどうすれば
良いのかも
お見通しよ

わたしを
きっと
満足させて
エクスタシーを
与えてちょうだい

わたしは浮気もせずに
あなた一筋に生きてきたの
分かっているでしょ
応えてちょうだい
大衆の前で
恥をかかせないでね

二本のわたしの細い腕で
あなたを優しく
愛撫し抱き込み
抱擁をする

わたしをもっと
強く抱きしめて
額からは
大粒の汗が
滴り落ちる

手に汗握る
熱い営みは
下着をも濡らし
やがて
陶酔の世界へと導き
わたしを

満たしてくれる

あなたを
指でしっかり押さえ
弦を引く
重厚なる調べが
あなたから聞こえてくる

深遠で深い
魂の叫びは
きっと
わたしにも届いてくる
チェロの響き

魔法の鏡

ある朝
わたしは
鏡の前に立つと
ピカソの
シュール時代の
泣く女の
顔が
映っている

余りにも
ぶさいく過ぎる顔
これがほんとうの
わたしの顔？
信じられないわ
目を擦り
もう一度
鏡の中のわたしを
見つめなおすと
今度は
口を開けた
ムンクの叫ぶ女の絵が現れた
ひどすぎる

朝の寝起きから
女心を傷つけてしまう
とんでもない
魔法の鏡だわ

わたし

どうかしている
多分　きっと
寝起きの
ぐちゃ　ぐちゃな顔の
せい？
何故
本来のわたしが
映し出されて
こないの

鏡よ、鏡
もうおふざけはおよし
朝の忙しい時に
あなたと
遊んでいる暇などないわ

ガラスクリーナーの
スプレーをサーッと
勢いよく
吹きつけ
白い泡で
鏡を磨いた

すると
何と
伊東深水の美人画が現れた
うっとりするほどの
美しさだ

だけれど
陶酔の世界も束の間
われに返り
出来過ぎだわ
と
満更でもないような
薄い笑みを浮かべ

鏡に語ると
今度は
ゴーギャンの
タヒチの女が
現れた

こんなに　わたし
色が黒くなんかないわ
と
鏡に向かって
拗ねてみる

すると
フジタの乳白色の
若い裸婦が現れた

風呂上がりでもあるまいし
何よ　これ

それに
こんなに胸は大きくないわよ
わたし

背景には
セザンヌの空の青さ
と
ゴッホの
燃え滾るような
炎のダリア

わたしは
本来
モナリザの微笑みを持つ
プレミアムな
おんな　なのよ
それとも
楊貴妃？

クレオパトラ?

仕掛け人

支離滅裂の
訳の分からぬ
たわごとを
朝から申す女に
鏡はあきれ果て
再び
ムンクの
口を開けた
絵が
登場する

魔法の鏡は
気分次第で
幾つもの
変幻自在な
顔を映し出す

狂った宴

時代は
中世の
ヨーロッパのある田舎町
初冬
森に囲まれた
一軒の
蔦が絡まる
洋館の煙突からは
冬の夜空に
白い煙が流れている

暖炉から
真っ赤な火が
勢いよく
バチバチと
音を立てながら
薪が燃えている

部屋のほの暗さの中に
重厚な
古い
洋服箪笥
鍵穴に
鍵を
そっと
差し込み
鍵を回すと
鍵が解かれた

観音開きの扉を
ゆっくり開けると

ギィーッ　ギィーッと
鈍い　不気味な音がした

箪笥の中には
幾体もの
裸の生きた女たちが
掛けられている

若い女が多い
黒髪から
金髪まで
茶髪
ショート
ロング
さまざまな髪型が並ぶ

女達の顔には
口はあるが
話すことが出来ない
濡れた瞳と唇で
主に
意思表示するだけだ

主は
箪笥の中の
コレクションを眺め
ひとりの
金髪女を
取り出した
洋服箪笥の中の
女たちは
冷たい視線で
主を
見つめていた
金髪女は困惑した表情を
浮かべていたが

主に気を遣い
微笑も
忘れていなかった

部屋のソファーに
並べられた
何枚もの
洋服の中から
主は
好みの洋服を着せた
真っ赤なドレスに
黄色いバラが
大きく
プリントされている

古い木のテーブルの上には
長いローソクの火が
赤く揺らいでいる

真っ赤なドレスを着せた
金髪女を重い椅子に座らせ
夕食をとる

皿には
熱い
スープが注がれ
湯気が立っている
スープの中には
眼が一つ
うるんだ瞳で
こちらを見て
浮かんでいる
もう一つの皿には
羊のステーキと
籠に盛られたパン
主は
年老いた太い指先で

スープに
パンを浸け
口の中に入れる
主は
フォークとナイフを
巧みに使い
血の滴る
ステーキを頬張る
金髪女は
恐怖に戦きながらも
震えた細い指先で
パンを口にする

ローソクの長さが
少し短くなるころ
食事は済んだ

ワイングラスに
赤いワインが注《つ》がれ
二人で
グラスを重ねる
暖炉の火が
ワインレッドの
グラスに燃えて映っている

この猟奇的で
狂った宴は
いつ幕を
閉じるのだろうか
ガラス窓からは
三日月が
濡れて光っている
洋館の外の暗闇で
狼の遠吠えが
悲しく
聞こえてくる

雨

雨
細い雨
白い雨
部屋の中から
優しく聞こえてくる

わたしは
ランプの下で
あなたに
ペンを走らせ
ペン先で
想いを伝える

雨のように
透き通っていて
純粋で
細いあなた

雨音が
優しく
わたしに
語りかけてくれるようだ

小窓には
雨粒が
水色に
流れている

オーロラ

君は
波打つ
流動体の
オーロラ

その
衣装を身に纏い
僕を
まるごと包み込み
誘惑する

ここは　どこ？
北極
NON
南極
NON
ここは
東京
銀座ミッドナイトブルー

君は
一層輝き
煌びやかさと
幻想の世界を
増殖させる

一台の
真っ赤な

フェラーリが
けたたましい
爆音を上げ
猛スピードで
和光の前を
通り過ぎる

みゆき通りの
歩道には
電話ボックス
僕は
受話器を取り
君に
電話する

君の声は
透き通るような
清純なブルーの響き

時に
ストライプの
竪琴

君は
変幻自在な
レスポンスで
僕を
惑わせる

東京の上空に
現れた　君は
眠り込んだ都会の闇に
新たな息吹を吹き込む
高層ビル群の
冷たい
ガラス窓に
君は

己の姿を
投影し
都会を
アメーバーのように
浸食してゆく
己の姿に
自己陶酔
しているのだろうか

僕は
君の深い懐に
優しく包み込まれる

性の虚構

熟れた
禁断の
果実を
震えた手で
手に取り
食べるのは
誰か
背徳の
美などは
ない

一抹の
おどろおどろの
不安と
後ろめたさに
侵され
それでも
味わいたい
毒を含んだ
麻痺する
美味
怪しい
色香が
どこからともなく
漂う

魔性の海
暗黒の
荒れ狂う牙の
大海に
投げ出され

濁流に呑み込まれ
やがて
難破船に辿り着く

末路は
朽ち果てた
残骸が蠢く
性の虚構

君に捧げる　あいうえお……

あいしてる
いつまでも
うまれたひから
えいえんに
おまえをだきしめていたい

かしこくいきるより
きれいにいきたい
くもりのないじんせい
けんこうで
こころをかよわす
さいこうのひと

しぬまで　しんでからも
すきだった
せかいはふたりだけのもの
そうしんじていきてゆく

六分の一

自殺志望の
若い
男と女がいる
お互いに
死を見つめている

どのくらいの
時間が過ぎたのだろう
男は　女を
女は　男を
自殺することを
思いとどまるように
説得する
命の大切さを
訴える
だが
男は
自殺を
諦めていない
女も
自殺したいという

男は
提案する
懐から
徐に
鈍色《にぶいろ》の
拳銃を
取り出し
机の上に置く

回転式の

拳銃に一発
鉛色の
弾が入っている
何処に
弾が入っているか分からない
頭に
拳銃を当て
引き金を引く
六分の一で
確実に
死ねる

交互に
弾丸が
火を噴くまで
引き金を引く
死神は
一発目か
六発目か
分からない

男は
女に
約束させた
最初に
死神を
引き当てた者は
希望通り
自殺できる
だが
生き残った者は
死ねない
生きねばならない
約束させた

生きるも地獄

死ぬも地獄か

男は
一枚の五百円硬貨を取り出し
どちらが先に
拳銃の引き金を引くか
順番を決めることにした
表が出れば
最初
裏が出れば
ＮＥＸＴ　次
男は拳銃を提供しているので
俺が最初にコインを投げる
と
女は同意した
男の手から
部屋の薄暗いランプの灯りの中で
コインが投げられた
鈍い光を放ちながら
ひらひら回転しながら
落下してくる
男の手のひらに
コインが収められ
汗ばんだ手を握った

手を開けば
生か死が決まる
運命の一瞬だ
表が出た

男は
一発の弾丸が詰まった
拳銃をガラガラと
回転させた
どこの場所に

弾丸が入っているのか
分からない

ニヒルな笑みを浮かべ
拳銃を手に取り
頭に当てた
極度の緊張が走る

引き金を引く
カチッ
弾は発射されなかった

女の額からは
冷汗が一筋
女は細く白い手で
初めて
黒ずんだ拳銃を握った
重量感のある
鉄の塊だった

目をつぶり
震える白い指先で
引き金を引く
カチッ
不発だった

男は
大きくため息をつき
拳銃を
女から受け取り
再び
引き金を引いた
カチッ

女は
男に

お願いした
最後のお別れに
キッスを

男は
黙って
女の唇に
キッスした

女は
男の頭を
左手で軽く抑え
右手で
拳銃の引き金を引いた

パアーンと
乾いた
音が部屋に響いた

女の頭を貫通して
男の頭へ
弾丸が……

死のキッス

ふたりの
鮮血が
勢いよく
部屋に
吹き飛ぶ

人形の家

白い妖艶な
少女のドール
黒いピアノの上に
いつも置かれ
こちらを
妖しい瞳で
見つめている

白いブラウスの
ボタンがはずれ
白い肌が少し覗く
フリルのスカートが
窓辺の
秋の風に
揺らいでいる

夕陽が
窓辺に差し込み
ドールの乳白色の顔に
赤く染まる

語ることを知らない
言葉を持たない
白いドールだが
瞳が
毎日
語り掛けてくれる
それは
三百六十五の物語を
持っている

雨の日も
風の日も
透き通るような
青空の日も
夜の暗闇の中でも
眠ることをも知らずに

白いドールは
生きている

幾光年の愛

あなたへの愛
を
何をもって
計ればいいの？

わたしが
あなたへ寄せる愛は
青い地球より
さらに重く
天空の
青空より
広い
そして
海より
深い

あなたは
太陽
あなたが
存在しなければ
この世は
暗黒の世界

あなたの
優しい
光が
大地を照らし
肥沃な土地を育てる

恵みの雨は
大地に

命を宿す
木々は
葉を茂らせ
緑の森となる
小鳥は
囀り
天空を舞う

銀河系に輝く
星群は
月光に
寄り添い
夜明けを待つ

幾光年の
明りが
わたしへの
愛として届く

ぶどう

おんなは
青い　ぶどうを
ひと房　手に取り
口にする
甘い香りが
鼻腔の粘膜を
刺激する

おんなの
猥雑な
紅い唇の奥には
底知れぬ
群青色の
エーゲ海が広がる

過去の追憶は
今を乗り越え
おんなの
柔かな
乳房に宿る
とがった乳首から
過去の
哀しい
恋物語が語られる

おんなの　眼から
ぶどう色の
涙が　流れる
秋の日

りんご

地球のような
真っ赤な
林檎を
がぶりと
一口
食べる
甘い酸味と
果汁が
流れる

三輪トラックに
一杯載せた
林檎箱

林檎の花びらが
風に散ったよな……
美空ひばりの
歌声が
古ぼけた
スピーカーから
途切れ途切れ
寒空に
流れる
冬の日

チャイナドレスの女

銀座のとあるバー。薄暗い店内に客はほとんどいない。カウンターに座ったひとりの男は、バカラの大きなグラスでオンザロックを飲んでいる。隣に赤いチャイナ服を着た三十路の女が、近づいてきて空いてますか？　と答えを聞かない中に隣に腰かけてきた。黒服のバーテンダーにスクリュードライバーを注文する。バーテンダーは手慣れた手つきでシェーカーを巧みに振り、女の浅く座るカウンターにカクテルグラスを置き、酒を静かに注いだ。女はカクテルグラスにぴったり注がれた酒を一気に飲み込んだ。この女強いなと、横目でチラッと女を見た。女はケロリとした顔で黒服にテキーラを注文した。女の唇が光って濡れていた。女の大きく足が割れたチャイナドレスの白い太ももあたりから赤い薔薇のタトゥーが覗いて見えた。テキーラを一口、口にすると悲しい失恋物語を淡々と語り始めた。女は銀のシガレットケースからＫＥＮＴの煙草を一本口に銜え火をつけた。紫煙が酒場にゆらゆらと流れていった。紫煙は女の郷愁を誘った。酒場にはオスカー・ピーターソンの「サマータイム」の軽快なピアノ演奏が流れていた。音が生きて立ち躍って聴こえた。心地よい時間だった。男は女の話には無関心で興味がなかった。オスカー・ピーターソンのピアノ曲のスキャットのようにも聴こえた。黒服は女の言葉に適当に相槌を打っていた。男のバカラのグラスには、透明で光ったクリスタルのような大きな氷がひとつ琥珀色のスコッチの海に揺れて浮かんでいる。銀座に散った恋の物語は、七月の悲しい夜空の中に消えていった。

人の心を魅了する一流品

腕時計　ＰＡＴＥＫ　ＰＨＩＬＩＰＰＥ　ＡＬＡＮＧＥ＆ＳＯＨＮＥ　ＡＵＤＥＭＡＲＳ　ＰＩＧＵＥＴ　ＲＯＲＥＸ　ＯＭＥＧＡ　ＬＯＮＧＩＮＥＳ　ＤＵＮＨＩＬＬ　ＣＡＲＴＩＥＲ　ブランド品　ＬＯＵＩＳ　ＶＵＩＴＴＯＮ　ＨＥＲＭＥＳ　ＣＨＡＮＥＬ　ＣＯＡＣＨ　ＰＲＡＤＡ　ＧＵＣＣＩ　ＣＥＬＬＩＮＥ　ＢＵＲＢＥＲＲＹ　ＳＡＩＮＴ　ＬＡＵＲＥＮＴ　ＤＵＮＨＩＬＬ　ＦＥＮＤＩ　ＶＥＲＳＡＣＥ　ＢＶＬＧＡＲＩ　ＧＩＶＥＮＣＨＹ　ＦＥＲＲＡＧＡＭＯ　ＴＩＦＦＡＮＹ　ＹＶＥＳ　ＬＯＮＧＣＨＡＭＰ
ブランド名並べただけで一流の名作品となる

Ⅱ

伏字

わたしの詩は
伏字に満ちている
とても
詩とは言えない
モザイクだらけ

●●●　●●●　●●●
■■■　■■■■　■■
◎◎◎　◎◎◎◎　◎◎◎
◆◆◆◆◆　◆◆◆　◆◆◆
現代アートではない
代替え言葉を探してよ
国会提出の

機密文書ではあるまいし
まるで
海苔弁当だ
言っておこう
これは紛れもなく
わたしの詩なのだ
伏字の向こうに
真実が隠されているが
誰も読み解くことが出来まい

差別用語
時の権力者に
重大な不利益を与える糾弾
放送禁止用語が
飛び交う
言葉の
禁句の
祭典

人は言う
ボキャブラリを駆使して
使えばいいだろう
容易《たやす》いことだ
おまえは詩人だろ?
そんなことばを探せないのは
言葉の力を持つ
魔術師なんかではない
断じて
詩人とは言えまい
ただの愚か者

そう
愚か者には
愚か者の
哲学があるのだ
敗者の美学

ポンコツの廃車ではない
スクラップ　アンド　ビルド!

自己規制
自粛すべきではない
そこに命を
賭けられるのか
否か

おまえには
覚悟があるのか
だが
無駄な死は
望むべきではない
死の向こうに
明日が　望めるのならば……
死をも　いとわない

表現の自由とは何か
猥褻と
芸術の
違いは何か

公的秩序を著しく乱すもの
それは
レボリューション
そう、革命
前衛的アート?
アナーキー
形而上学的範疇

資本主義
自由主義
共産主義
帝国主義
民主主義
全体主義
独裁国家
専制国家

あらゆる
国家体制の下での
個
の在り方は
生きざま
来し方
覚悟
歴史観
価値観に委ねられる

だが
権力者に
圧殺される

わたしの詩は
いつぞや
黒海の死と化す

挑戦

わたしは
ただひたすら
麓から
頂上を目指す
重い三十キロのリュックを背負い
力強く　ゆっくりと
一歩を踏み出す
登山家が
エベレストを征服するにも
先ずは最初の一歩から始まる
ゆるやかな傾斜は
ロープもピッケルも不要だ

真白い
樹氷は
朝日に輝き
白い世界が
果てしなく続く
だが
その姿は
何時変容するのかも分からない
雪が解け
雪崩という
白い恐怖をも孕んでいる
登山家たちが
この雪崩に
悩まされ
幾十人もの
パーティーを飲み込んだであろうか

天候の悪戯は
運・不運だけでは済まされない
家族を　友人たち　恩師を
悲しみの淵に追いやる

上空には
ヘリコプターが
雪山に
飛び交う
捜索隊の手を借り
遺体が家族の元へ
引き渡される
ベースキャンプには
悲しみの涙と嗚咽が渦巻く

神々しいまでの
美しさ故か
おまえは
人を拒絶する
山よ
これでいいのか
おまえには
慈悲というものがないのか
横幅何十メートル
長さ数百メートルの
白い川は
濁流となり
猛スピードで
無情にも
人を巻き込んでゆく

それでも

登山家は
家族を捨て
恋人を捨て
仲間を捨て
冬山に
挑んでゆく
一歩一歩
頂上を目指す
高山病にもめげず
凍傷にも襲われ
猛吹雪の中
狭いテントに
じっと身を寄せ
嵐の通り過ぎるのを
祈るように
待っている

君は
何故
頂上を目指すのか
途中には
深くて底知れぬ
危険な谷底
クレバスが
口を開けて
待ち構えている
絶壁に立ち向かい
ピッケルを力強く打つ
ロープに命綱
孤独との闘い
上へまた
数十センチの上へと
粘り強く目指す
下を見下ろせば
雲海が広がる

偉大なる
山の神は
わたしを
果たして
受け入れてくれるのであろうか
何ものにか
取り付かれたように
わたしは
あくなき
頂上を目指す
山への
果てしない
挑戦が続く

それは

わたしの
死を以って
終止符が打たれるのであろうか
信じたくはない
わたしの中には
登頂の二文字しかない

招かざる客

あいつは
いつから
俺の身体に住みついているのか
そう
あれは七年前の
正月だった
ある会合のパーティーで
談笑していた時
突然悪夢に襲われた

それは
今迄に経験したことのない
出来事だった
言葉を発しようとするが
言葉が口の中で空転する
ことばにならない
言語喪失
話せない
そこに
あるのは
ただ
ことばの空回りだけだった

言語障害
そればかりではない
激痛と麻痺に見舞われ
立っていることさえ
困難だった
思わず床にしゃがみ込み

痛みが去るのを
祈るように
待つしかなかった

微熱を含んだ
紅潮した左頬の
炎の震えを
恐怖と焦燥感に襲われる
体に冷や汗が流れる
戦慄の時間
左手で頬を軽く抑えていても
しびれと痛みは
増すばかりだった
激痛に耐え
その荒れ狂う
怒りの収まりを
静かに待った

それは
初めての経験だった
こんな初体験は
ごめんだぜ
胸ときめかせる初体験は
期待と夢を抱かせる

だが
今回は全く違う
左の奥歯というか
左顔面が麻痺している
未知の体験
凶器・狂気に襲われる

この後の
赤門の新年会場には
出ることが出来なかった

不安と痛みを抱えながら
一歩　一歩
ゆっくりと
遠い
家路へと急いだ

東京の総合病院
脳神経の
検査を受けた
ＭＲＩの筒に
すっぽり身を包み
ガーッガーッと
不気味な
機械音が鳴り響く
身体が
刻まれてゆく
恐怖

時を待つ
検査の結果
疑わしき
三叉神経痛ではない
だが
その症状は
限りなく
その神経痛に
類似している

その後
別の病院で　また検査を受けた
今までの経緯を説明した
朝の洗顔でも
左頬を触るだけで
ピリピリ響く
何なんだ
この走る稲妻は

食事をしても
痛くて
食べ物が噛めない
乳幼児が
母乳を飲むような
流動食だけが
摂取できる

いつ襲われるか知れない
恐怖の食生活が続いた
薬をもらい
毎日飲んだ
副作用として
眠気が
容赦なく
襲う

だが、

ある日
嘘のように痛みがとれた
あれは
悪夢だったのだろうか
悪魔の悪戯

いつの日か
恐怖と痛みから解放され
遥か忘却の彼方に
遠く
消え去っていった
非日常から
当たり前の
平和な日常が戻ってきた
地獄からの解放だ

半年もすると
また忘れかけていた

目には見えない
同じ悪魔が　姿を変え現れた
おまえなんかと
同居したくないわ！
さっさと出て行ってくれ
家賃などいらないから
と捨て科白の一つも言いたくなる

原発事故を逃れての
東京での避難生活は
五年の歳月が瞬く間に過ぎ去った
中野の都営住宅の二階に
高齢の百歳を迎えようとしている
母と住んだ
母は怪我で
入退院を何度も繰り返した
介護生活も五年を過ぎるころから
老々介護の疲労が

じわり、じわりと
深く静かに侵攻してきた
若いつもりでも
年齢は正直なものだ
身体は金属疲労を
起こしているのだろうか
頼みもしないのに
レッドカードを
挙げられる

東京から
五年ぶりに
いわきへ戻り
元の生活が始動する
時々
痛みと麻痺が
顔を覗かせる
いわきの

脳神経外科
内科
歯科
麻酔科
口腔外科
耳鼻咽喉科
と病院を駆けずり回る
原因不明

抜本的治療は見つからない
薬で対処
ドクター曰く
東京の病院で
放射能を口内に
照射すれば
痛みは取れるかもしれない
副作用として
皮膚感覚が麻痺して
熱い冷たいの
感覚がなくなるかも知れない
病院が見つかれば
紹介状を書いても良い
そこまでする必要は
今のところない
薬づけの毎日だ

以前のような
平穏な体調に戻って欲しい
痛み麻痺
との共存はご免だ
憎い　あんちきしょうとの
付き合いは
これから
いつまで続くのだろう

恐怖の

その日が
訪れないことを
祈る

ニューアート

おまえは
どんなに努力しても
天才ピカソには
届かない
おまえは
耳をそぎ落としても
炎の画家ゴッホにも
到達しない

だが
俺には
ピカソ・ゴッホにない
線がある

色彩がある
それが
個性というものだ

だが
完成された
絵には
人の
心を打つ
魂がない
絵ではない
そこが
天才ピカソとゴッホとの分岐点だ

俺は
大きく　ため息をつき
天を仰ぎ
白い雲が

悠々と流れる
無限大の
青空のキャンバスに向けて
バケツ一杯の
黄色
赤
黒などの
ペンキを
ぶちまけた

太い絵筆をとり
キャンバスに
夢中で
描き始めた

青空は
刻一刻と
夕焼け空のようにも見え
また
嵐の前の
暗雲漂う
空模様にも
変化していった

アートと呼ぶには
烏滸がましいが
そこには
確かな
手応えのある
ニューアートの
俺の世界が
横たわっている

これが
俺の
心の

叫び
魂だ

薬物

俺の身体は
薬物汚染
朝
昼
夜
週ごとに
薬入れの
カレンダーに
錠剤が
順番待ちで
俺を
待っている
頭痛
歯痛
血圧
糖尿
泌尿
眼
睡眠薬
薬のオンパレード
薬物中毒
今日から
健康管理に
留意して
食事　運動　ストレスを
改善させて
ひとつずつ
薬を減らす
キックオフ
薬物依存症にならないために

赤いルージュ

霧雨に燻る
ウイーン
わたしは
人影の少ない
カフェハウスで
濃い目に入れた
ブラック珈琲
モカを一口
口にする
あなたとの
ほろ苦い
想いでの数々が
窓辺の

大きなガラス窓に
真珠の雨粒のように
流れてゆく
店の外の
石畳を
雨傘をさした
男と女たちが
行き交う

店内には
ドビュッシーの
「月の光」のピアノ曲が
ゆっくり流れている
病んだ
わたしのこころを
霧雨のように
優しく
洗い流して

癒してくれる
テーブルの上には
白い珈琲カップ
ひとつ

あなたは
いない
赤い
ルージュが
カップに
寂しく
色を添えている

オペラ座

音楽の都
ウイーン
ベートーベン
モーツアルトが
活躍した都

ルネサンス様式の
国立オペラ座
一八六九年に初演され
カラヤン　マーラー
が指揮をとり
小澤征爾が
音楽監督を務めた

殿堂の
建物

今日まで
その歴史と伝統を守り
「黄金ホール」は輝き続ける

豪華絢爛
贅の極みの中で
満員の
紳士淑女の観客の中で
コンサートを聴く
極上の至福なコンサート

別世界の
オペラ座
天井には
金箔が張られ

壁面の
彫像は
百五十年余り
歴史の
重みを感じながら
極上の
演奏の音色を
耳を澄まして
聴衆たちと
聴いてきた

芸術の
殿堂として
これからも
生き続けてゆく

馬車

ウイーンの旧市街
日が陰った
夕暮れ時
シルクハットを
被った細身の男が
二頭立ての黒塗りの馬車
フィアカーを巧みに操り
石畳の路上を
蹄をリズミカルに
鳴らしながら
宮殿の前を
通り過ぎてゆく
馬車の二人の乗客は

正装した
初老の男と
若いブロンドの女
静かな
旧市街の街角へ
消えていった

中欧

チェコ

首都プラハ
中世の街並みを色濃く残した古都
狭い石畳の通りには歴史を見つめてきた教会などがある
ヴルタヴァ川からはプラハ城の雄姿が見える
「百塔の町」プラハ
さまざまな建築様式が混在する歴史的に古い町並みが続く
一九九三年一月一日スロヴァキアから主権国家となる

一九六八年「プラハの春」は「人間の顔をした社会主義」を目指すが
ソ連邦他五か国の軍事介入を受ける
五十年の弾圧の傷跡は今も人々の心に深く残る

世界は
ボヘミアングラスのように透明度が高く
崇高なものであって欲しい

テロ・内戦・覇権・経済戦争・宇宙開発競争などが混迷する世界
ナショナリズム・国家主義ファーストが台頭する世界で
為政者の身勝手な行動を抑止させることは容易なことではない
混迷する世界情勢の中で
常識ある一般の民は連帯・団結するしかない

武装蜂起でなく
民主主義で勝利を摑むしかない
その道程は果てしなく遠いものであるが
諦めてはいけない
前進するしかない

ハンガリー

首都ブダペスト
日本の国土の四分の一
国土は変化に富み
歴史と伝統の世界遺産の
ドナウ河岸・ブダ地区・ブダペスト
ブダペストの王宮の丘から
どんな歴史的風景が見えたのであろうか
穏やかに流れるドナウ川
くさり橋は
十年の歳月をかけ
ブダとペストのかけ橋が誕生した
夢の懸け橋は
大きな発展をもたらした
王宮の丘に建つ
漁夫の砦から
遥か日本に思いを寄せる
気候　風土　文化　言語　歴史の異なる異国で
地球の片隅にある地は
それぞれの歴史・文化を抱えて
生きてきた
これからも
生き続けてゆく
地球は一つだが
国家・民族は
数多く存在する
果たして
地球家族は存在するのであろうか？

異国の地を訪ねて思うこと

七一〇七の島々からなる
フィリピン
多言語国家
七月の暑い昼下がり
マニラから
長距離バスに
ひとり揺られて
小さな村々など幾つも通り過ぎ
やがて
日が暮れ
暗闇の中
家々の灯りが瞬き
九十九折りの山道を
バスは

一時間余りのぼり
標高一五〇〇メートルの
「天空都市」
バギオに辿り着く
マニラから二五〇キロ
七時間余り
夜露に濡れる
バギオは肌寒い
星降る夜
商店街の何軒もの小さな店には
灯りが灯り
人々が行き交う

ある日
バギオから
さらに長距離バスで
ルソン島北部の
サン・フェルナンドに向かう

バスはゆっくりと山を下りてゆく
車窓から手を伸ばせば
容易に取れそうな
たわわなバナナの房の畑がある

途中の停車場で
赤子を抱えた母親や若者・老人たちの
村人たちが
乗降する
行商人の中年男が
乗り込んで来た
男の手には
籠に入った
バナナの果実や菓子・コーラ・パンなどが
ぎっしり積み込まれている
男は淡々と車内をまわり販売する
客は好みの商品を注文する
紙幣・コインが手渡される

タガログ語が飛び交う
バスの市場は
生活の匂いが漂う
男は売りつくされた籠を手に次の停車場で降りて
行った

三、四時間揺られたであろうか
サン・フェルナンドに到着した
町は
小・中学生の下校時で
学生たちで溢れていた
派手にデコレートしたジプニーや
バス・タクシー・三輪などで賑わっている
日本人は　誰もいない
聖ウイリアム大聖堂前では
髪の長い異様な老婆が
小皿を持って
近づいてくる

小皿には
数枚の
ペソの硬貨
わたしは
小銭を一枚投げ入れた

チャイニーズ・パゴダの展望台から
青い海がどこまでも広がる
ルソン海と
サン・フェルナンドの町並みを
眺めた
わたしは　異国の地に立っている
母国は遥か遠くにあり

若者が運転する
三輪バイクを拾い
アクセル全開の
猛スピードで

欧風リゾートホテルへ
一直線
疲れた体で
シャワーを浴びる
冷たい
夏とは言えど
お湯が出ない
所詮外国のホテルは
こんなもの
シャワーから
ポタポタと
水滴が落ちている

ホテルの部屋の窓を開ければ
コバルトブルーの
海が広がる

夜のレストランでは

地元の女性バンドが
ビートルズナンバーを歌っている
リクエストを求められ
イマージュ
うまいとは言えない歌
エレキギターをかき鳴らし
ミュージックタイムが続く
薄暗い
広いレストランには
客が三組
アメリカ人の老夫婦と
若いカップルとわたし
暗い海からは
さざ波の音だけが
寂しく
聞こえてくる

翌朝

朝日を浴びて
浜辺を走る
若いアメリカ人
宿泊者たちが
浜辺を散歩
漁師と村人たちが
地引網を引いている
浜辺に引き寄せられた
網には
小魚たちが
二十数匹
銀鱗を　震わせている
村人や子供たちが
獲れた魚を家に持ち帰っている
市場には
とても持ち込めない
大きな魚も獲れず
家で食すのだろう

わたしは
レストランのテラスで
サンドイッチと
モーニング珈琲を飲みながら
ぼんやり
浜辺の風景を
眺めていた

わたしは
浜辺に出て
ルソンの海を
泳ぐ
朝の海は
たれひとり
泳いでいない
これほど
贅沢なことはなかろう
遠浅の海に

身を沈め
ルソンの海を支配した

かつて
日本軍が
米軍と闘い
この島で　玉砕した
暗い歴史がある

現地人の案内で
小さな
漁船を借り
波しぶきを上げながら
海を走った
過去の暗い歴史を忘れまい
戦後七十四年、平和ニッポンは、これから維持で
きる　のだろうか？

見捨てられたごみ

何面体にも光る
ぐにゃり
とした
透明なごみ袋

日増しに
ごみの量が増え
投げ込まれてゆく

七月の破れたカレンダー
俺の歴史が
またひとつ
消えてゆく

色とりどりの
広告紙や
ダイレクトメール
丸められた
しわくちゃな新聞紙

読み終わった
価値のない
古い
ハガキに手紙
付き合いのない
名刺などが破られ
さようなら

生ごみ
野菜
魚の頭　骨が

スーパーのビニール袋に
幾らかな
水気を含んで
入っている

使い終わった
ティシュペーパーの空き箱など
雑多の
燃えるごみが
一杯詰まっている

袋の中は
悪臭と
ごみが重なり合って
ごみたちは
身動きできず
窒息しそうだ

現代を共に生きてきたが
容赦なく
捨てられたごみたち

ごみ収集場に
黄色のネットを掛けられ
ごみ袋の山たちが
沈黙を守り
幾つもの顔を
無造作に
並べている

数羽の
カラスの群れが
ネットに
止まり
ごみ袋を
嘴で突ついている

やがて
朝日が昇って
数時間後
清掃局の
車の後部が
大きな口を開け
都会のごみを
貪欲に
食べつくす
サラバ　ゴミたちよ

菩薩

ここにも
生きた
観音菩薩がいる

面長で
黒髪を把ね
眼を閉じて
唇に
薄い笑み
浮かべ
崇高で
目鼻立ち整い
蓮の花咲かせた

観音が
私の前にいる

廻りには
息苦しいほどの
男と女の
顔　顔　顔の
乗客たち

そんな中で
ただひとり
観音菩薩
これは
幻想ではない
真実である

人が
観音菩薩として

生まれ変わる

おや
金剛力士像に似た
逞しい男や
慈悲に満ちた
優しい
阿弥陀如来もいる

三面六臂の
美少年のような
阿修羅
がいる

ここは
朝の
中央線
沈黙の狂い華

東京行きの
ラッシュアワー

白い墓標

あなたもあの方もその人もあちらの方もこちらの方もそちらの方もあの人もこの人もその人も隣の人もその隣の人も貴様もあんな方もこんな方も知らない人も知っている人も子供も少女も処女も少年も童貞も青年もお嬢さんもお兄さんもお姐さんも兄弟も姉妹も貴婦人もセレブも貧乏人も金持ちも老人も男も女もゲイもレズもＲＧＶＴも裁判官も先生も生徒も小学生も中学生も高校生も浪人生も大学生も父兄も校長も学長も教授も公使も大使もあんちきしょうもこんちきしょうもブスも美人もブ男もイケメンもホストもホステスもキャバクラ嬢も風俗嬢もポン引きも薬物売人もその使用者もアンタもあたいも娼婦もストリッパーもオカマもオナベも性同一障害者も健常者も身体障害者もパイロットもＣＡも船長も船員も医者も看護婦も患者も俳優も女優も歌舞伎役者もタレントも芸人も落語家・漫才師もスポーツ選手も野球・サッカー・バスケ・卓球・柔道・相撲・水泳・空手・格闘技・プロレスラー・ラグビー選手たちもダンプの運転手もタクシードライバーも総理大臣・閣僚・議員もＪＲ職員も官公庁職員もキャリア・ノンキャリも民間企業の職員も社長・役員幹部も平社員もパートもアルバイトも正社員も非正規社員もゼネコンも銀行員もヤミ金融業者もデパートガールもアパレルの子も派遣社員も牧師も刑事もおまわりさんもおじちゃんおばちゃんもやくざも半ぐれも暴力団も暴走族も反社会的勢力も振り込め詐欺師たちも警察官も検察官も弁護士も犯罪者も鬱も躁鬱も学者も研究者もありとあらゆる人たちがこの世を生ある限り生きて死んでゆくそれは白い墓標となって幾万幾億幾兆と連綿とあの世を彷徨い続けるのであろうかたれにも分らないのだ。

樹海

海水の無い樹海で、わたしは貝殻を耳に当て森の風の騒めきに耳を澄ませる。乾いた砂の粒子が、風に運ばれ遥か遠く、古代の海の香りを呼び寄せる。樹海を自由に泳ぐ熱帯魚の鮮やかな色彩の群れ。太陽が届かぬ深い樹海の中で、ひときわ彩を放つ。溶岩が流れた割れ目から、新緑の芽が発芽する。新しい命の誕生。年輪を重ねた樹木が乱立する。雷に打たれ朽ち果てた老木もある。迷宮の回廊をひとり彷徨う。樹海の中の鼓動は地響きを上げ、己を主張する。火の海を通り過ぎ浄化された魂が、塊となり樹海に立つ。古木の原生林に巻き付く大蛇。赤い舌をペロリと伸ばし獲物を狙う。水たまりの小池の周囲には、シダが繁茂しその葉陰にヒルが生息する。森林からは、幾種類の鳥たちが、囀り鳴き声を上げている。時折、薄暗い樹木の中を蝙蝠が飛び交う。針葉樹・広葉樹が入り混じる原生林。夏でも冷たい風がわたしに吹きつける樹海の森。ここからの脱出は可能なのか?!

Xデー

大都会の街並み緑少なくコンクリートの建物と木造の家並みが密集し殺伐としたカオスの世界。ゼロメートル地帯の住宅地は心もとない堤防に守られ今日の奇跡を信じ生きている。恐怖と安全神話・安全願望の狭間でのゼロメートルの広がる生活。運命共同体で半ば諦観しながら今を奇跡的に生きている物言えぬ民。高速道路は川の流れのように蛇行しながら張り巡らされ、自動車の葬列が長く尾を引き渋滞を生む。環状線・新幹線はいつもの顔を覗かせ規則正しく運行している。Xデーは果たして怒濤の如く牙を研いで襲ってくるのだろうか？　大地震・M9・津波など招かざる大災害に襲われ、大都会は大パニック。我先に逃げ惑う民たち。狂乱都市。大火災に対応できない現実がある。誰も火の勢いを止められない。燃え尽きるまで指を銜えて待つしかない。だが火の海で逃げる場所さえない。盛んに燃える燃える火の海。高速道路は崩れ落ち、新幹線は先頭車両が天を仰いで線路に刺さっている。環状線の線路はぐにゃぐにゃ。車両は何両も脱線。行き場を失った鉄の塊。高層ビルも崩れ落ち、大量のガラスが砂利のように散乱。城主のいないガラスの光る城が幾つも誕生している。戦国時代ではない。ビルの鉄骨がむき出しになっている青銅色の怪物たち。破壊されたオブジェの街の風景が眼前に広がる。針金のような鉄骨。ブリキのような真っ黒に焼け焦げた自動車が何台も腹を出し転がっている。黒煙が東京の街の各地に怨念を込めた烽火《のろし》を上げ立ち昇る。死の街。地獄を見た。津波が街を一気に襲う。木々をなぎ倒し建物を破壊し街を襲うモンスター。津波はまるで生き物のように凄いスピードで濁流となって街を激走する。容赦ない破壊力で街の風景を一変させてゆく。すべてをゼロに清算する。お前にはひとかけらの慈悲もないのか？　逃げ惑う人々。女・子供の悲鳴。彼らは津波に巻き込まれ消えてゆく。陸が侵され駄目ならば空がある。だが非情にも空港へも津波が押し寄せ航路は池になり川から海となる。本来翼を広げ誇らしげに青空を飛ぶべき空の鳥たちも、ここでは海に浮かぶ遊覧船のように何機も主体性なくぷかぷかと浮いている。見慣れた変哲もない街があっという間に壊され消えてゆく。地獄絵のような出来事だ。Xデーの恐怖に戦きながら都会は今日も深い眠りから覚め朝焼けの向こうにあるであろう、限りない未来を見つめて生きている。願わくば切に無限大で、深遠な幻想であって欲しい。防げるかXデー。

生きる

あなたは年輪を重ね生きてきた。生きていることが即ち伝説。人は無垢な裸で生まれ邪心もなく誕生する。親に慈悲の心で育てられ成長してゆく。だがその行く先には魔の修羅場が影を潜め待っている。大きな運命という定めの中で人は闘いが始まる。潰されそうな個。殲滅され白旗を上げるのはまだ早計。命のある限り逆境をバネに生きるしかない。人は無駄な抵抗と言うが、勝負はまだこれからだ。糠に釘のような抵抗であれ、眼のまえにある抵抗勢力と真摯に対峙する。負けても負けても諦めない。負×負が正である幻想は捨てきれない。已の信念南無阿弥陀仏。神も仏もいないと思われる世の中でも生きなければならない。生きる義務・生きる使命・修行のような過酷の不条理の道なれど生きる慶びもある。レガシーは不滅。

不思議な物語

私は七つの海の水を両手に掬い顔を洗う。私の端整な顔は塩分を含んだ潮の香りがする。眠気から覚めた眼は、ぼやけた世界を鮮明に写し出す。コロンブスが発見したアメリカ大陸や南米・中国・ロシア・インド・アフリカ大陸・ヨーロッパ・東欧・中欧・北欧などが視界に広がる。それらの大陸に金のネックレスを掛けて私の首に掛け手中に収めることもできる。あるいはそれぞれの大陸にナイフを入れフォークで食べてしまうことも容易である。ゴビ砂漠の砂を香辛料として振り掛けてみよう。スパイスが効いて美味しいのかも知れぬ。北極の氷をアイスピックの化け物で割り、スコッチウイスキーをバケツ一杯に注ぎ氷を入れて豪快に飲む。飲むほどに酔いが廻り地球も廻る。夜空に光る北斗七星に手を伸ばし、美女を抱えて酒のつまみにしてもよい。あるいはラクダの背に荷物を積んでシルクロードを美女と旅するのも良いかも知れぬ。アフリカ大陸では、古代エジプト第一八王朝の少年王である黄金のツタンカーメンに会ってみたい。スフィンクスが美女にジェラシーを抱くかもしれない。ピラミッドに真っ赤な夕陽が差す頃一日の旅は終わる。エジプト文明の象形文字を解き明かすのも良いだろう。翌朝、旅の疲れを癒すため美女の服を脱がせ七つの海で一緒に水浴する。美女の眩しいほどの白い裸身はたちまち海の青に染まる。白い帆船が遠くに浮かんでいる。微笑みの国タイ。神秘的なその笑顔に触れてみたい。また四大文明の跡を辿る旅も面白そうだ。メソポタミア・エジプト・インダス・黄河文明。文明が発達した大河の流域に小舟を浮かべ走行させてみたい。夢と欲望はどんどん限りなく膨らんでゆく。気球に乗って世界を廻るのもよかろう。この地球は実に魅力的な美しい惑星だ。私は地球を支配してみたいと、美女に熱く語ると美女は小さく頷き微笑んだ。私もよ。美女は男に熱い口づけを求めた。美女は男を顔からムシャムシャ食べ始めた。男の悲痛なうめき声が聞こえる。美女はろっ骨の骨を一本残して立ち去って行った。敵は殲滅せよと。冷酷なひんやりした風が荒野に吹きつけ砂塵が舞い上がる。恐怖に満ちた昼下がり。

五感

男は二つの眼光鋭い眼で万物を凝視する。彫刻家のような太い腕と指先で粘土をこねるように対象物を触る。山から湧き出る湧き水のせせらぎの小さな音にも耳を澄まして聴覚を鍛える。狩猟民族が獲物を捕える臭覚で狩りをする。捕えた獲物を集落の者たちと味覚を楽しみ生命を維持する。五感を研ぎ澄まし生きて行くことが大切なことである。五感から生まれる感性・才能・個性が芸術を生む。さあ、湧き出づる五感を常時鍛えてみよう。

詩論

古今東西、歴史に名を遺す詩人たちは数多くいる。己自身の詩を評するのは、はなはだ烏滸がましい。だが、ひとつ言えることは、己の書いた詩は、唯一己の所有物。己の手を離れ読者の側に渡ってしまった詩は、多分読者の物。読者がいかようにも解釈して理解してくれればそれでよい。私の責任の範疇を超える物。研ぎ澄まされた推敲の中で生まれた名詩人たちの崇高な詩には、敬意と尊敬の念を抱くが、己には彼らにない己の詩がある。たとえ、幾千・幾万語の言葉を並べても彼らの実力には遠く及ばないものがあるであろう。しかしながら己の詩には、己の生きた言葉がある。名詩人の詩集に対峙するには、（対峙しようとは初めから思っていないが）己の言葉で書くしかない。彼らにない雑草のような地のエネルギーが表現できれば十分だ。それも詩全体でなくとも、詩の一節、詩の一行、否、一語に共感と魂を振るわせて頂けるならば、充分である。詩人の手を離れ、読み手のイマジネーション力によって、その詩の価値が変容する。逆説的に読み手が詩人に転換する。それはもはや、詩ではなく記号としての言語なのか？　標語・キャッチコピーなのかもしれない。詩の範疇は時代の移り変わりとともに変容してくる。春の目覚めの中で、ふとそんなことを感じたのだ。

海

わたしは
無味乾燥な道を
縦に真っすぐ歩く
時々
底知れぬ
縦割れの
クレバスを
慎重に
避けながら
透明な
白い巨大な
雪壁にぶつかり
前を歩こうとするが

そこには
未知があるのに
前へ
進めない

ひたすら
足踏みするだけだ
どれだけ
同じ歩行を繰り返しても
前へ進めない
身体には
べったりとした
汗が滲み
私の靴の中は
湖水のように
足が汗で　塗《まみ》れている

幾歳月が経ち

横の道を歩くことにした
色とりどりの
コスモスが
爽快に
そよ風に
揺らいで
道に広がる

どこまで歩いたのであろうか
真夏の
太陽の下
潮風が
夏の肌に
べたつく

路の行きどまりに
辿り着くと
其処は

断崖絶壁の
海が
広がる

岩場に
白波を上げ
荒々しく
海が
白い牙を剝き出し
吠えている

海の遥か先には
地平線が
眩しく
ぎらぎら光っている

わたしは
道なき道を

未知を求めて
勇気をもって
一歩踏み出した

ゆっくり
落ちてゆく
スローモーションで
周囲の風景が
鮮明に
見える
これが
人生の
終焉
潮騒の濁流の
不気味な複雑な音が
大きな反響となって
わたしの
鼓膜を振動して
近づいて
聞こえてくる

わたしには
未知が
あるのであろうか

私は
海になる

あとがき

この度、第二詩集田中佑季明詩集『風紋』が土曜美術社出版販売から刊行された。

従来、小説、随筆、シナリオなどを執筆してきたが、詩集の本を残しておきたいという衝動にかられ筆を執ることにした。

私の硬直した脳髄に宿る思考は、手垢のついた古い回廊を輪廻のように循環して、浄化されたものだけが、本来、詩として生誕されるのであろうが、どこか狂った思考回路に迷い込み、逃げ場を失った言葉だけが、金属疲労として浮き立っている。その集積が塵となり舞い上がる。そのひとこと一言に命を吹きかけ蘇らせる。その作業は、額に汗をかく軽作業というよりも、むしろ冷や汗をかきながら桝目を埋めてゆく強化労働である。

これは、私の人生に於ける、ひとつの過程であり、終結ではない。

第二詩集が、読む側の心に一編でも届いたとするならば、嬉しく思う。

亡き詩人の姉、田中佐知へのオマージュとして捧げたい。

刊行に当たっては、土曜美術社出版販売社主・高木祐子女史のご理解とご協力を得たことを厚く御礼申し上げる。

令和元年七月吉日

日本文藝家協会会員
日本ペンクラブ会員　作家　田中佑季明

プロフィール

田中　佑季明（たなか・ゆきあき　本名・行明）

東京生まれ。東京経済大学経済学部卒業。明治大学教職課程修了。

記者、教員を経て三菱マテリアル（株）三十年勤務。

作家・写真家・エッセイスト・舞台監督・プロデューサー。

日本文藝家協会会員。日本ペンクラブ会員、企画委員。

日本出版美術家連盟賛助会員。

いわきアート集団所属。

東京・大阪・所沢・いわき市・パリで個展など開催。

★主な著書

写真集『ＭＩＲＡＧＥ』太陽出版　田中保子（佐知）と共著

写真随筆詩集『三社祭＆Ｍの肖像』東京図書出版　田中佐知と共著

『ある家族の航跡』武蔵野書院　田中行明編

『邂逅の回廊』武蔵野書院　田中行明編

『団塊の言魂』すずさわ書店

詩集『田中佐知・花物語』土曜美術社出版販売　田中佑季明編

小説『ネバーギブアップ―青春の扉は・かく開かれる―』愛育社

『歩きだす言の葉たち』愛育出版　田中志津と共著
『愛と鼓動』愛育出版　田中志津と共著
『それから…』愛育出版
詩歌集『うたものがたり』土曜美術社出版販売
『親子つれづれの旅』土曜美術社出版販売　田中志津と共著

★主な催事
東京：三菱フォトギャラリー、三越、デザインフェスタ原宿などで個展
　新宿歴史博物館・追悼展　新宿安田生命ホール　舞台監督
　オノマトペ　コレクション展・朗読会企画　銀座グループ展他
　「美術の祭典　東京展」東京都美術館　二〇一九年十月
所沢：所沢図書館・家族展　新所沢コミュニティーセンター・朗読会
大阪：ギャレ・カザレス・写真展
いわき市：NHK、草野心平記念文学館、平サロン、創芸工房、ラトブ、いわき市勿来関
　文学歴史館　他
パリ：エスパス・ジャポン「親子三人展」志津・佐知・佑季明
中国：山東大学「多文化研究と学際教育」国際シンポジウムで二〇一九年九月講演

★その他
NHK、ニッポン放送、FMいわきなどに出演。椿山荘講話。
月刊誌に随筆六か月執筆。

★いわき市：二〇一七年四月二十三日、大國魂神社「歌碑」（母子文学碑、志津・佐知・佑季
　明）建立

★マスメディア
朝日、読売、毎日、産経、新潟日報、福島民報、福島民友、いわき民報、FLASH、日
本カメラ、東京中日スポーツ、アサヒ芸能、月刊誌などに多数紹介される。

詩集　風紋《ふうもん》

発　行　二〇一九年十一月二十日

著　者　田中佑季明
装　丁　直井和夫
発行者　高木祐子
発行所　土曜美術社出版販売
〒162-0813　東京都新宿区東五軒町三—一〇
電　話　〇三—五二二九—〇七三〇
FAX　〇三—五二二九—〇七三二
振　替　〇〇一六〇—九—七五六九〇九
印刷・製本　モリモト印刷

ISBN978-4-8120-2543-7　C0092